BOULOGNE-SUR-MER

EST LE SIÈGE

DES

PREMIÈRES DÉCOUVERTES D'ENSEMBLE

RELATIVES A

L'ÉLECTRICITÉ

(1749)

Le comte de Tressan, commandant à Boulogne. — Le P. Chabaud, professeur au collège de l'Oratoire. — Joseph Olivier de Villeneuve, médecin pensionnaire de la ville. — Le R. P. ***.

AVEC PIÈCES JUSTIFICATIVES

PAR

Alph. LEFEBVRE

OFFICIER D'ACADÉMIE

MEMBRE DE SOCIÉTÉS SAVANTES

BOULOGNE-SUR-MER

IMPRIMERIE G. HAMAIN

1898

BOULOGNE–SUR–MER

EST LE SIÈGE

DES

Premières Découvertes relatives à l'Electricité

(1749)

PREMIÈRE PARTIE

Le comte de Tressan et son œuvre.

Louis - Elisabeth DE LA VERGNE, *comte* DE TRESSAN (1), ancien commandant militaire en Boulonnais à la fin de la première moitié du siècle dernier, était non-seulement un homme de guerre distingué et un agréable littérateur, mais aussi un philosophe doublé d'un savant amateur.

On ne sait guère aujourd'hui qu'il s'occupa d'études sur l'électricité, — qui était déjà la question un peu à la mode de son temps. — On

---

(1) M. de Tressan était en réalité *marquis* depuis la mort de son père ; mais il ne prit jamais ce titre, qu'il abandonna de son vivant à son fils aîné.

connait encore moins qu'il fit sur cet objet de nombreuses expériences, d'où des découvertes fort intéressantes.

Il s'agit dans ce travail de préciser l'époque où il s'adonna aux recherches sur l'électricité et de prouver que c'était justement à ce moment qu'il représentait l'autorité royale dans notre province. En d'autres termes, que Boulogne, dont il faisait sa résidence, se trouve être le lieu de ses expériences et de ses découvertes sur la matière.

Voici, comme point de départ, d'après un de ses biographes les plus complets, l'abbé V..., quelques renseignements relatifs à son séjour parmi nous :

« En 1746, le comte de Tressan, nommé pour servir dans l'armée d'Italie, étoit prêt à s'y rendre sous les ordres du maréchal de Maillebois, lorsque le prince Edouard, qui faisoit en Ecosse des prodiges de valeur, obtint du roi une armée pour l'Angleterre. M. le duc de Richelieu qui la commandoit, fit nommer pour son avant-garde le comte de Tressan, qui se rendit à Boulogne, d'où il devoit descendre à Douvres, s'emparer du château l'épée à la main, et y attendre l'armée françoise, pour marcher vers Londres et se réunir à tout le parti du prétendant.

« Quelques prises de bateaux plats et de bâtiments qui transportoient de l'artillerie et d'autres munitions de sièges, éveillèrent l'attention des Anglois.

« Le comte de Tressan fut au moment de s'embarquer avec les grenadiers, les picquiers et les volontaires qui devoient arriver à la pointe du jour à Douvres ; mais une corvette qui avoit été envoyée à la découverte, ayant apperçu seize vaisseaux de ligne et des frégates vers la côte d'Angleterre, étant rentrée dans le port, il fallut renoncer à une expédition, dont le succès l'eût avancé de deux ans pour le grade de lieutenant-général et lui auroit valu infailliblement pour la suite le bâton de maréchal de France. Louis XV lui avoit dit, dans son cabinet, au moment où il prenoit congé : *Vous serez lieutenant-général à Douvres.* Le prince Edouard lui avoit fait aussi les plus magnifiques promesses, mais l'expédition étant manquée, il fallut attendre quelque circonstance plus favorable.

« Le duc de Richelieu ayant quitté Boulogne, le comte de Tressan, commanda l'armée d'observation sur cette côte.

« Il s'occupa aussitôt de la sûreté du Calaisis et du Boulonnois, où il fit construire un fort auquel on donna son nom. Les correspondances avec les ministres, les maréchaux de Saxe, de Lovendal, de Noailles, d'Harcourt, de Maillebois, et de tous les officiers supérieurs d'alors, sont des monumens de son activité, de sa vigilance et de son zèle pour le bien du service.

. . . .

« Le désir d'un service plus actif que celui de la maison du Roi lui ayant fait quitté sa brigade en 1747, il fut fait lieutenant-général et employé dans ce grade sur les côtes, jusqu'à ce que M. le maréchal de Belle-Isle, qui commandoit dans les Trois-Evéchés, le demanda pour le Toulois et la Lorraine françoise.

« Il quitta Boulogne en 1750, et en emporta les regrets. »

Ainsi se termine cette partie de son panégyrique. Voilà des faits bien précis, pour un temps tout-à-fait défini. Ce serait donc de 1746 à 1750, c'est-à-dire dans une période de quatre années, qu'il faudrait rechercher les travaux scientifiques du comte de Tressan.

Cette période est d'ailleurs confirmée par certains documents des *archives communales* de Boulogne, où se retrouvent :

1° Au compte n° 185, les dépenses relatives à son installation et la fixation de 400 livres par an pour son logement à partir du 10 mai 1746 ;

2° En la liasse 923, une correspondance de l'intendant de Picardie relative à son chauffage d'hiver (1746-47) ;

3° Au registre 1049, sous la date du 12 septèmbre 1746, sa Commission de Commandant des ville et château de Boulogne et pays Boulonnois (1).

(1) *De Par le Roy,*

Sa Majesté jugeant nécessaire au bien de son service de commettre dans les circonstances présentes, un officier général pour commander à Boulogne et dans le Boulonnois, elle a cru ne pouvoir faire un meilleur choix que du sieur Marquis de Tressan, maréchal de camp en ses armées, dont le courage et la capacité luy sont connus, ainsy que son zèle et son affection à son service, et en conséquence, Sa Majesté a commis, ordonné et étably le dit sieur Marquis de Tressan pour commander dans les ville et château de Bou-

enregistrée à la Sénéchaussée le 25 mai suivant;

4° Liasse 1224. Pièces ayant trait aux contestations soulevées par ce commandant contre le maïeur Mutinot, à propos de l'exercice de la police intérieure (années 1746 et 1747).

Aussi, dans les registres de catholicité de la paroisse Saint-Joseph (haute-ville), où l'on peut lire, sous la date du 10 juillet 1747, l'acte de son mariage avec Michelle Roussel (Russel, d'origine anglaise), portant en même temps reconnaissance de deux fils nés de leurs œuvres, dont le dernier avait vu le jour à Boulogne, le 22 juillet 1746.

A consulter encore, deux discours prononcés par lui au collège de l'Oratoire de Boulogne : le premier, le 17 juillet 1746, lors d'un exercice des rhétoriciens de cette institution ; le second, le 18 août 1749, le jour de la distribution des prix de l'établissement.

Enfin, deux lettres : l'une de Voltaire datée du 21 août 1746 et adressée à Boulogne au comte de

---

logne et pays Boulonnois, tant aux habitans qu'aux gens de guerre qui y sont et seront cy après en garnison sous l'authorité du Gouverneur ou Commandant pour elle dans la province, Enjoins Sa Majesté aux dits habitans et gens de guerre de reconnoître ledit sieur Marquis de Tressan en la ditte qualité de commandant et de luy obéir et entendre en tout ce qui leur ordonnera pour le service de Sa Majesté à peine de désobéissance.

Fait à Versailles le douze septembre mil sept cent quarante six.　　　　　　　　　　　　**Louis**

Et plus bas　　　　De Voyer d'Argenson.

Tressan, d'où je tire les allusions suivantes : « Je suis bien édifié de savoir que *celui qui veille sur nos côtes* est entre Montaigne et Epictète. Il y a peu d'officiers qui soient en pareille compagnie. Je m'imagine que vous avez aussi celle de votre ange gardien que vous m'avez fait voir à Versailles. Cette *Michelle* (qu'il devait, comme on l'a vu plus haut, épouser à Boulogne, moins d'un an après) et ce Michel Montaigne sont de bonnes ressources contre l'ennui. »

L'autre missive écrite plus tard (20 juin 1783) par de Tressan lui-même à propos de René Lesage, où l'on peut relever ce passage : « Après la bataille « de Fontenoy, à la fin de 1745, le feu roi m'ayant « nommé pour servir sous les ordres de M. le « maréchal de Richelieu, *les événements et de* « *nouveaux ordres m'arrêtèrent à Boulogne-* « *sur-mer, où je restai commandant en Bou-* « *lonnois*, Ponthieu et Picardie. » Et, plus loin, parlant de la mort, à Boulogne, de l'auteur de Gil-Blas (17 novembre 1747) : « Je me fis un « honneur et un devoir d'assister à ses obsèques, « avec les principaux officiers sous mes ordres. »

On est donc bien fixé sur les dates, car la concordance est parfaite.

Pour mieux suivre le comte de Tressan dans ses savantes études, il convient de rappeler que, descendant d'une ancienne famille protestante (un ancêtre avait été l'ami de l'amiral de Coligny) qui avait abjurée, il avait été élevé d'abord chez son grand oncle évêque du Mans, puis par son oncle l'archevêque de Rouen qui l'introduisit à la cour. « Il s'y lia, dès sa première jeunesse — dit de Condorcet, — avec Voltaire et Fontenelle, eut l'avantage de leur plaire et le mérite de sentir le prix de leur amitié ; ils lui inspirèrent le goût de la philosophie et des lettres, et ce respect pour les hommes illustres dans les sciences et dans la littérature. Quoiqu'occupé des plaisirs, il réservoit tous les jours quelques heures qu'il consacroit au travail ; il s'instruisoit par le commerce des savans, dont il avoit su se concilier la bienveillance et se préparoit des ressources pour le temps de sa vieillesse et des consolations contre les malheurs de l'ambition et de la fortune. »

J'ajouterai qu'il était aussi en relation avec Diderot et d'Alembert et qu'il leur fournit plus tard, pour leur grande *Encyclopédie méthodique*, plusieurs articles sur l'art militaire. Dans l'histoire naturelle, il s'occupa aussi de géologie et de minéralogie (1).

Dans les camps comme au repos, le comte de

---

(1) Dans une lettre à l'abbé Raynal publiée dans le *Mercure* de mars 1754, p. 87, le comte de Tressan dit, en parlant du cabinet de M. Geoffroy : « La bélemnite a de plus une certaine propriété ; « si l'on en fait calciner violemment une certaine quantité, le « résidu aura à peu près le même effet que la PIERRE DE BOU- « LOGNE, et pourra de même se gorger de lumière et s'effluer « pendant quelques momens. »

Lisez BOLOGNE (Italie). Cette pierre n'est autre que la barytine

Tressan conserva ses habitudes de travail intellec-
tuel et les sciences abstraites avaient continué à
avoir pour lui un attrait tout particulier.

Comme le fait fort bien remarquer M. Couronne, secrétaire de l'Académie de Rouen, chargé
d'écrire l'éloge de notre ancien commandant, qui
avait fait partie de cette société, « un homme
comme le comte de Tressan n'était pas fait pour
ignorer ce qui se passait dans le monde savant.
Aussi vit-il avec le plus grand intérêt les premières expériences sur l'électricité qu'en 1743 firent
MM. Dufay et l'abbé Nollet ; elles développèrent
en lui la première idée positive de cet agent universel. Il résolut de s'en occuper, mais trois cam-
pagnes fort vives le détournèrent pour le moment
des expériences suivies qu'exigeaient ses nouvelles
idées. Ce ne fut qu'en juin 1746 qu'il put y re-
venir. »

« Il commandait alors, — c'est le même auteur
qui continue, — comme maréchal de camp dans
le Boulonnois et la Picardie. Son séjour l'appro-
chant d'Angleterre, où il avait pour amis le lord
duc de Richemont, le lord Norton et M. Folker,
il eut par eux tous les instruments nécessaires, et
il établit à cette occasion une correspondance

---

bacillaire fibreuse (baryte sulfatée) ; elle se trouve au Monte
Paterno, près de Bologne, dans les argiles. Très phosphores-
cente après la calcination, on l'employait à préparer ce qu'on
appelait le « phosphore de Bologne » qui a eu une grande re-
nommée (*Traité de Minéralogie*, par Beudant, 1832, t. II, p. 462).

intime avec M. Walson, que la Société Royale
(de Londres) avait chargé de la même espèce de
travail. Dès le commencement de 1748, ils se
communiquèrent ce qu'ils avaient fait. M. Walson
fit imprimer cette même année, le recueil de ses
expériences ; quant à M. de Tressan, plus témé-
raire que lui, comme il l'a dit, il osa tirer des
conséquences plus étendues de ses propres
lumières. *Il fut le premier qui rangea les faits
dans un ordre philosophique et ce fut lui qui,
le premier, donna une théorie sur le fluide électrique.* »

L'abbé V...., parle à peu près dans le même
sens quand, venant de citer Boulogne, il dit que
M. de Tressan « fit les honneurs de son comman-
dement avec beaucoup de dignité, non seulement
aux officiers de son armée, mais encore à tous les
Anglois de marque qui furent faits prisonniers,
comme aux partisans du prince Edouard, qui
repassoient à Boulogne après leur défaite. Ce fut
ce qui donna lieu à ses premières relations avec
les savans de Londres et d'Edimbourg.

« Il étoit dès lors, ajoute-t-il, occupé de ce
grand ouvrage sur l'électricité qui n'a été imprimé
qu'après sa mort, mais qui, en 1749, étoit déjà
connu de toutes les sociétés savantes, et lui assura
la gloire d'avoir *le premier, d'après l'expérience,
poussé l'analogie jusqu'à considérer le fluide
électrique comme le ressort physique de la*

nature, et d'en avoir formé, au milieu des débats des disciples de Descartes et de Newton, un nouveau système de l'univers. »

A l'appui des dires des biographes, il est bon de reproduire ici quelques documents ayant un caractère officiel et qui serviront de pièces justificatives pour le sujet principal qui nous occupe.

La première en date, en même temps la plus importante, est l'appréciation élogieuse donnée par l'Académie des Sciences de Paris sur le travail présenté par M. de Tressan, et dont voici le texte :

EXTRAIT

des Registres de l'Académie Royale des Sciences de Paris du 14 mai 1749

Nous avons été chargés par l'académie d'examiner un ouvrage de M. le comte de Tressan, lieutenant-général des armées du roi, intitulé : Essai sur l'origine de l'électricité, et sur différens phénomènes qu'on lui peut attribuer ; *il nous a paru, par la lecture de cet ouvrage, que l'auteur a beaucoup de connaissances dans les différentes parties de la physique; qu'il a fait une application heureuse des effets de l'électricité à plusieurs phénomènes de la nature ; que ses idées sur cette matière sont exposées clairement et avec méthode, et qu'il les a appuyées d'expériences nouvelles et ingénieusement imaginées.*

De Réaumur,
De la Condamine,
Morand,
Nollet

Je certifie le présent extrait conforme à son original et au jugement de l'académie.

A Paris les jours et an que dessus,

14 mai 1749.

Grandjean de Fouchy,

Secrétaire perpétuel de l'Académie des Sciences.

Vient ensuite une lettre de l'auteur, adressée à M. Lacombe, propriétaire du *Mercure*, et insérée dans cette feuille (numéro d'octobre 1774, p. 17). C'est au fond, sous le dehors de la plus exquise politesse, une revendication de priorité.

Au Chateau de Luzancy,

par La Ferté-sous-Jouare,

Ce 18 Août 1774.

J'ai lu, Monsieur, avec une satisfaction infinie, dans le *Mercure* du mois de juillet dernier, l'annonce faite par M. d'Agoty le père, de plusieurs ouvrages sur l'électricité : il est toujours très avantageux pour les intérêts de la vérité, que ceux qui la cherchent dans les phénomènes de l'électricité s'accordent entre eux, sans se connaître ; qu'une suite d'expériences leur fasse naître les mêmes idées, et qu'ils en tirent les mêmes résultats.

J'ai été, je vous l'avoue, Monsieur, aussi surpris de la conformité des idées de M. d'Agoty avec les miennes, que je suis satisfait de me trouver presque complètement d'accord avec lui.

En 1748, temps où je commandois à Boulogne-sur-mer, où j'avois fait constamment des expériences pendant plus de deux ans, j'envoyai à l'Académie des

Sciences de Paris un long mémoire sur l'électricité.
MM. de Réaumur, de la Condamine, Morand et
Nollet, furent nommés par l'académie pour être mes
commissaires. Mon mémoire resta environ six mois
entre leurs mains, et pendant ce temps il y eut plusieurs lettres explicatives écrites par MM. les commissaires et moi.

J'établissois dans mon mémoire que le fluide ner-
val, que les esprits animaux étoient un vrai feu
électrique ; que ce feu étoit sans cesse entretenu par
la respiration ; que les vessicules bronchiales, dont
la surface intérieure est polie, ivorée et imperméable
à l'air grossier, arrêtoient cet air grossier, et n'é-
toient pénétrés que par l'électricité qui l'anime. Je
laissois entrevoir que le feu électrique étoit l'âme et
le ressort de toute l'économie animale. Je montrois
toute la différence du sang veineux au sang artériel,
et comment le sang veineux, de noirâtre et dénué
d'esprit qu'il étoit dans le ventricule droit du cœur,
est revivifié par sa circulation dans les poulmons,
où l'électricité le ranime, le rend plus fluide et le
remet au ton rouge le plus vif. Je suivois la route de
ce sang artériel, depuis son élancement du ventricule
gauche et de l'aorte jusques dans ses dernières sub-
divisions et jusques dans la substance vasculeuse du
corps calleux et de la moëlle alongée.

J'essayois de prouver que le sang artériel, dénué
alors de particules grossières par ses différentes sé-
crétions, n'étoit plus qu'un vrai feu électrique qui
s'élançoit dans la substance et les canaux imper-
ceptibles des nerfs, qui les parcouroit et qui s'exha-
loit à leur extrémité des surfaces intérieures et exté-

rieures, par des mammellons nerveux, et par des expansions de l'extrémité de ces nerfs.

J'admettois, comme M. d'Agoty, une véritable électricité terrestre, mais je ne présumois pas, comme lui, que le soleil est la main qui échauffe le corps terrestre. Je hasardois, au contraire, de dire que le soleil n'a par lui même aucune chaleur ; et que les rayons solaires, de même que l'électricité, n'ont le pouvoir d'exciter la sensation (relative à nos sens), que nous nommons chaleur, et n'ont le pouvoir de briser, de fondre et de vitrifier les corps terrestres que par la violence de leur mouvement, et par l'interposition des particules terrestres flottantes dans l'air grossier, et émanée sans cesse de notre globe par la force jaillissante de son électricité. Je donnois des preuves très fortes de cette opinion, et j'allois même jusqu'à la témérité et à l'hypothèse, de présumer qu'au même moment où le soleil a tourné sur son axe, la même puissance qui lui donna ce premier mouvement, lui donna celle d'élancer l'électricité en faisceaux de rayons divergeans, d'en pénétrer les planètes en raison de leur densité, ou du plus ou du moins d'approximation, et de les rendre plus ou moins électriques par communication.

J'ajoutois que je serois très affligé qu'on me soupçonnât de me livrer à la pleine certitude d'une opinion que j'essayois tout au moins de discuter ; j'avouois, avec bonne foi, qu'elle m'avoit séduit, pour m'inspirer la témérité de la soumettre à mes maîtres, et pour m'avoir empêché de me faire encore aucune objection assez forte pour la détruire.

Après un examen de six mois, MM. les commissaires ayant fait leur rapport à l'académie, et ayant lu différentes parties de mon mémoire dans quelques assemblées, l'académie en corps m'honora d'un jugement (voir plus haut) qu'elle n'accorda, sans doute, que par indulgence pour un militaire dont elle n'attendoit que de foibles efforts.

M. de la Chevalerie étant mort la même année, l'académie m'élut à sa place. Dans le même mois la société royale de Londres me fit le même honneur; deux mois après il fut suivi de celui d'être élu par l'académie royale de Berlin, et par celle d'Edimbourg.

J'ai eu jusqu'ici la prudence de ne point faire imprimer cet ouvrage. L'honneur d'avoir trouvé grâce aux yeux de quatre illustres académies, a comblé et surpassé mes espérances. J'ai craint, je l'avoue, d'avoir peut être à répondre pendant le reste de ma vie à des objections, ou solides ou frivoles, ou même dictées par la prévention.

J'ai eu la douleur de perdre dans l'académie mes quatre commissaires, et plusieurs confrères qui connoissoient à fond mon ouvrage. Il m'en reste que j'aime et que je révère dans MM. de Buffon, de Lassonne, Le Roy et Poissonnier, qui le connoissent de même. M. Poissonnier, après l'avoir lu avec l'intérêt d'un confrère et d'un ancien ami, a bien voulu l'approuver comme censeur : cependant les mêmes raisons me retiennent encore pour le livrer à l'impression ; mais j'ai souvent prêté mon manuscrit ; j'en ai laissé même tirer plusieurs extraits, sans crainte d'être réfuté avec lumière, ou imité par ceux qui l'approuveroient.

Si quelque chose pouvoit m'encourager à le rendre public, ce seroit la satisfaction intérieure dont je ne peux me défendre, en voyant M. d'Agoty annoncer un ouvrage, dont les préliminaires me prouvent que les mêmes idées qui m'ont frappé en 1748, ont fait le même effet sur un savant, connu par ses travaux et par sa réputation.

Je vous prie, Monsieur, de faire imprimer dans le premier *Mercure* la lettre que j'ai l'honneur de vous écrire. Si M. d'Agoty est l'hiver prochain à Paris, je serois très reconnoissant de la communication qu'il voudra bien me donner de son ouvrage. Je me ferai honneur et plaisir de lui communiquer le mien ; les intérêts de la vérité sont trop chers, ils sont trop forts pour ceux qui la cherchent avec autant de candeur que de zèle, pour qu'ils ne fassent pas taire ceux d'une propriété apparente. Je suis bien éloigné de croire avoir porté une lumière suffisante dans mes opinions ; et j'écouterai avec plaisir et reconnoissance, ce que M. d'Agoty peut avoir dit de plus.

J'ai l'honneur d'être, etc.

LE COMTE DE TRESSAN,
Lieutenant-Général.

Nous croyons avoir suffisamment prouvé que l'œuvre du comte de Tressan peut être considérée comme boulonnaise, puisque c'est dans notre ville que *pendant plus de deux années*, les études préparatoires et les expériences ont été faites ; que le substantiel mémoire en a été écrit et daté. A ce titre et à cause de son importance, cette œuvre mériterait certes une réimpression *in-extenso* ; mais elle est trop volumineuse pour la présente étude et on devra se contenter ici d'une simple analyse, qui viendra compléter ou corroborer ce qui en a déjà été dit.

On sait que le travail en question n'a paru qu'après la mort de l'auteur et on a vu plus haut (lettre du 18 août 1774) quelles sont les raisons qui l'avaient décidé à en retarder la publication. N'a-t-il pas craint aussi l'ingérence des théologiens et des casuistes, comme il lui arriva plus tard à Nancy, à la suite d'un discours qu'il avait prononcé à l'académie de cette ville, sur " *Le progrès des sciences* " ?

Voici le titre modifié de l'ouvrage imprimé, tel que l'indique le prospectus de 1787 :

ESSAI SUR LE FLUIDE ELECTRIQUE, CONSIDÉRÉ COMME AGENT UNIVERSEL, *par feu M. le Comte de Tressan, de l'Académie Françoise, de celles des Sciences de Paris, Londres, etc.* 2 vol. in-8° (10 liv. brochés, 12 liv. reliés), chez Buisson, libraire à Paris, rue des Poitevins, 13.

Pour l'analyse, je laisse la parole à M. le secrétaire de l'Académie de Rouen, M. Couronne, à qui le manuscrit avait été communiqué par M. l'abbé de Tressan (le boulonnais), fils de l'auteur :

« Il s'agit d'un mémoire considérable sur l'électricité par M. de Tressan, mémoire qu'il a laissé manuscrit, et d'autant plus digne néanmoins de l'honneur de la publicité, que dès 1748 l'auteur avoit deviné nombre de découvertes singulières, que d'illustres savans ont complettement démontrées, mais bien postérieurement.

« Le mémoire est intitulé : *Essai sur la nature et les effets du fluide électrique, considéré comme l'agent universel.* J'espère qu'on me pardonnera d'avoir au moins désiré d'en présenter un apperçu, autant qu'il me sera possible ; je vais tâcher de me rappeler les propres expressions du comte de Tressan.

« Cet écrit est le premier où l'électricité, cet agent actif et accélérateur, ait été saisi en grand ; c'est en effet le premier ouvrage où, par exemple, on ait essayé de prouver que les étoiles fixes soient autant de foyers d'activité du fluide électrique plus ou moins étendu ; où l'on ait essayé de prouver, que c'est la force jaillissante de *l'électricité terrestre* qui, en le variant, agit dans tous les corps attachés à sa surface ; et où l'on ait dit que cette électricité terrestre le fait reconnoître dans les aurores boréales, comme dans tous les météores ordinaires, ainsi que dans ceux que leur rareté fait encore traiter de phénomènes. On sent quel est le développement d'un tel principe ; aussi, je l'avoue, je n'ai lu qu'avec un véritable enthousiasme la manière dont, l'appliquant au *fluide magnétique*, M. de Tressan en détermine et en développe l'analogie avec le fluide électrique : il en fait la même application à la végétation, à l'économie animale, aux phosphores naturels et factices, aux volcans, au feu, à la lumière, aux flux et reflux, aux vents réguliers ou périodiques.

« On sait que les anciens philosophes et les modernes avoient admis différentes puissances motrices pour donner de la vraisemblance à l'idée qu'ils s'étoient faite d'un agent ou d'une force primitive, capable sans cesse de varier la texture extérieure et intérieure des masses. Ce sont ces différentes puissances imaginées par eux, qu'on a successivement appelées *éther, matière subtile, feu élémentaire, attraction*... Hélas il est difficile de saisir la vérité, et une des principales sources de nos erreurs, c'est que trop fréquemment les grandes idées métaphysiques sont mal entendues par ceux qui n'ont pas en eux tout ce qui seroit nécessaire pour les bien discuter. Plus mal encore le sont-elles par ceux qui ont un intérêt personnel à leur donner un tout autre sens! Combien, par exemple, n'étoit-il pas aisé de se tromper sur les raisonnemens subtils de Platon, d'Aleymon, de Parusemdel et de tant d'autres, et même d'en abuser! Mais, disoit le comte de Tressan, si par hasard il est possible de concilier, de rapprocher les idées principales et les théories des philosophes les plus estimées pourquoi voudrait-on négliger un pareil travail? Pourquoi se refuseroit-on à l'examen de leurs résultats différens, dans la vue d'approfondir et de prouver que, selon Descartes, il existe en effet une matière subtile dans l'univers ; que, selon Boerhave, il existe de même un feu élémentaire dont tous les corps sont plus ou moins imprimés et dans lesquels ils sont tous immergés ; et que selon Newton, les corps sont attirés, repoussés et suspendus par une force agissante, d'après une loi qui se trouve d'accord avec *la loi inverse du quarré des distances !*

« Si dans un pareil essai qu'on feroit, de rapporter à une puissance unique et primitive ce que les plus grands philosophes ont cru de plus décisif pour l'économie et l'harmonie universelle des êtres, on parvenoit à établir que cette puissance non seulement meut, soutient et régit tous les corps célestes dans leur ordre, mais que cette même puissance se manifeste sous des formes perceptibles aux sens, quand elle est suffisamment condensée ; que cet être enfin a toute la ténuité de la *matière subtile*, toute la vélocité du *feu élémentaire*, toute la rapidité de l'émission des *rayons solaires*...., ce seroit alors le vrai point de réunion entre ces différentes théories, et il faudroit s'en applaudir.

« Tel a été le point de vue sous lequel le comte de Tressan a dirigé ses expériences et son travail.

« Il n'y a, disoit-il, qu'une division dans la matière générale de l'univers ! *matière vive et active ! matière morte et inerte !...* Considérons l'univers comme un grand tout. En ce cas, cette matière active, à laquelle Dieu imprima le mouvement, a pu suffire (au premier instant où les temps ont commencé), pour mouvoir la matière inerte ; pour en rassembler les masses, les pénétrer, les modifier, et pour les mettre en équilibre, selon les desseins du Créateur. Ce fut l'acte simple de sa volonté, qui tira du néant ces deux matières, tandis que ce mouvement qu'il imprima à l'*une d'elles*, la matière active, a suffi, depuis cette première existence, pour tout entretenir selon l'ordre immuable, et selon l'enchaînement de ses décrets.

« Ainsi donc, la nature est bien plus uniforme dans ses moyens d'agir, que quelques physiciens

ne l'ont pensé; tout s'y tient, tout s'enchaîne de
l'un à l'autre : rien de tout ce qui est en action,
n'est absolument isolé ; et cela est tellement vrai,
que les grands phénomènes, les plus redoutables,
entrent dans l'ordre des effets naturels, pour celui
qui sait observer en grand; surtout, lorsque sans
être trop frappé du merveilleux apparent de quelques faits qu'il ne connoît pas encore, il a la cons-
tance, le courage, la sagacité de remonter jusqu'au
point de subdivision de la chaîne générale à laquelle
ces faits sont liés : or, cette chaîne, ce lien général
de tous les êtres, quel est-il ? sinon le mouvement,
c'est-à-dire le produit de la matière vive et son action sur la matière passive et inerte.

« Je ne puis donner que cette idée générale de
cet intéressant ouvrage du comte de Tressan ; idée
bien foible et peu approchante de ce qu'il sera en
effet pour celui qui pourra le lire ; j'ai encore à
regretter que de ce premier apperçu, je ne puisse
descendre aux détails de quelques-uns des chapitres
particuliers, et surtout les présenter avec la rapidité
de style du comte de Tressan ; on y appercevroit
aisément alors la trace de beaucoup de découvertes,
que par d'heureuses expériences sagement suivies
d'autres savans ont pu rendre enfin certaines et
constantes. Par exemple, quand il considère *les effets
de l'électricité sur la végétation, sur l'économie animale,* on ne peut se dissimuler qu'il avoit prévu
une partie des découvertes des plus célèbres physiciens de nos jours ; celles de M. Bertholon, dans
son excellent *Traité de l'électricité des végétaux;* celles
du ministre génevois, Jean Senebier, dans ses cu-

rieux *Mémoires physico-chymiques sur l'influence de la lumière solaire pour modifier les trois règnes de la nature;* celles de l'étonnant Jean Jugez-Houz, anglois, dans son livre intitulé : *Expériences sur les végétaux...*

« Par exemple encore, quand il parle des *effets du fluide électrique dans le feu,* ce n'est qu'avec surprise et admiration qu'on l'écoute, soutenant que le feu matériel et d'*urtion,* n'est point un élément, dans le sens où jusqu'alors le plus grand nombre des physiciens l'ont conçu. Immédiatement après, parlant des effets de cette *électricité sur l'eau,* il a osé encore dire le premier, l'eau n'est point un élément. Plus loin, il ajoute ces expressions qui sont singulièrement remarquables : où seroit donc l'impossibilité que l'eau puisse s'altérer et devenir un corps solide ? puisque les diamans, les pierres précieuses et les cristaux de roche ne sont autre chose que de l'eau condensée par des sels, etc. Enfin, il termine ce chapitre par dire : « Je suis bien éloigné de croire « que mon hypothèse sur la nature soit suffisam- « ment prouvée ; mais je persiste à dire qu'il ne « peut y avoir qu'une seule matière dans la nature, « et que cette matière n'a qu'une division ; la raison « n'admettra jamais d'autres élémens que la *ma- « tière morte,* mue par *la matière vive.* »

« C'est ainsi que par une espèce de prescience, le génie prévoit les événemens, et d'avance M. le comte de Tressan devinoit ce que la postérité alloit incessamment voir plus à découvert ; mais habile ou heureux à découvrir ainsi sous le voile de l'avenir ce qui devoit arriver, il n'a été ni moins heu-

reux ni moins habile à retrouver dans l'antiquité de
l'histoire, ce que le malheur des temps sembloit y
avoir caché sous d'épaisses ténèbres.

« Le charlatanisme, dit-il en son chapitre *des
effets de l'électricité dans les phosphores naturels*, le
charlatanisme a pu abuser souvent des phosphores
pour présenter des prestiges ; et il est vraisemblable
que les prêtres de Memphis et d'Héliopolis ont abusé
de l'électricité vis-à-vis de ceux qui se faisoient ini-
tier aux mystères d'Eleusis et de la Bonne déesse. »

Je laisse donc à M. Couronne tout l'honneur
des appréciations élogieuses qui précèdent, et de
l'analyse assez difficile du reste à présenter, sur
un sujet aussi ardu et bien arriéré dans ses déve-
loppements ; mais il ne faut pas oublier qu'on ne
se trouvait alors qu'à l'enfance de cette admirable
science.

En résumé ce qu'a envisagé le premier M. le
comte de Tressan, c'est que l'électricité est l'agent
le plus actif, l'esprit, la vie, l'âme du monde,
dans son ensemble comme dans toutes ses parties.
Avec une intelligence développée, un esprit ou-
vert, il a dans son ouvrage, — que les *Mémoires
de Bachaumont* (décembre 1780) qualifient d'in-
génieux et profond, — par une logique heureuse,
deviné et osé émettre de nouvelles théories relatives à l'action du fluide universel sur la marche
des astres, l'ascension des vapeurs, la compo-
sition de l'eau, le flux et le reflux de la mer

(étudiés sur place) les perturbations atmosphé-
riques, la texture de la terre, la végétation, la vi-
talité animale, etc.; il a fait ressortir aussi les
causes naturelles du magnétisme et de l'hypno-
tisme. Depuis un siècle et demi on a marché dans
la voie qu'il avait ouverte. Chaque jour on est
forcé de se rattacher à ce principe créateur, à cet
élément unique de la nature, et bientôt ce sera
une vérité éternelle dont le doute ne sera plus
permis.

Le comte de Tressan ne tarda pas (1750) à être
affilié aux *Académies des Sciences* de Paris, de
Londres, de Berlin et d'Edimbourg. Il ne fut
reçu à l'*Académie Française* qu'en 1780, trois
ans avant sa mort.

SECONDE PARTIE.

Comme suite à la dissertation qui précède, éta-
blissant que Boulogne a été le siège des premières
découvertes sur l'électricité, et que le comte de
Tressan, notre ancien Commandant, en fut l'ini-
tiateur (1746-1748), nous entrerons dans quelques
détails complémentaires, qui serviront en même
temps de preuves et de pièces justificatives.

Au même temps que M. de Tressan, ou plutôt
à sa suite, plusieurs personnages de Boulogne se
sont occupés de la question de l'électricité et ont
voulu jeter leur note sur ce sujet merveilleux.

Ce ne sont, il est vrai, que de petites étoiles qui
ont essayé de graviter autour de l'astre levant,
mais le dossier boulonnais eut été incomplet, si
nous les avions laissées dans l'ombre.

I

Le premier en date est le PÈRE CHABAUD (ou
Chabot), professeur de rhétorique au collège de
l'Oratoire de Boulogne, qui a chanté l'électricité
et son auteur. Après l'apparition à l'Académie
des sciences du mémoire du comte de Tressan,
sur le *Fluide électrique considéré comme
agent universel,* il s'était empressé de lui adres-
ser, sous le titre de *Plaintes de la Nature,* son
compliment en vers mêlés de prose. Cet éloge est
pour ainsi dire inconnu, quoique ayant été repro-
duit par *le Mercure* (vieille publication pério-
dique trop peu consultée) de décembre 1748.
Voici cette pièce intéressante :

PLAINTES DE LA NATURE

A M. le comte de Tressan

Au sujet de son Mémoire sur l'Electricité,

PAR M. CHABAUD, DE L'ORATOIRE

Transporté chez les Cimmériens, j'entrai dans un
palais où l'on n'entend que le doux murmure du
Léthé. Nul bien n'éveille le dieu que l'on y adore : les
soucis ne voltigent point autour de lui ; le repos muet

et les songes agréables composent toute sa cour. Je reconnus le palais du sommeil, et j'éprouvai bientôt le pouvoir de ses pavots.

> A leur gré nos maux disparoissent,
> Nos besoins et nos larmes cessent,
> Les criminels sont sans frayeur ;
> Le captif est sans fers, l'indigent sans misères,
> L'avare sans vautours, l'envieux sans vipères ;
> Les monstres perdent leur fureur.

Je jouissois d'un calme délicieux dans les bras de Morphée ; mon esprit se livroit à d'aimables songes, avoués de la vertu ; on auroit dit que l'électricité s'étoit chargée de l'amuser agréablement. Des étincelles, des éclairs, une aigrette formoient pour lui un spectacle réjouissant ; mais la nature veut mêler sa tristesse à ma joie : elle m'apparut dans le temps que la nuit faisoit place à l'aurore, et que les songes fuient devant les vérités. Je n'eus pas de peine à reconnoitre la nature.

> Qu'elle étoit belle sans parure !
> L'élégante simplicité
> Avoit arrangé sa coiffure,
> Sans qu'un miroir eût été consulté.
> Rien d'affecté dans son langage,
> Dans son port rien de concerté ;
> Le fard ne gâtoit point son modeste visage,
> Où la vertu paraissoit sans nuage,
> Et retraçoit sa dignité.

Elle se plaignoit amèrement de vous, Monsieur, en disant que la nouvelle philosophie avoit tort de révéler ses mystères, et que vous en aviez encore davantage d'exposer au grand jour le seul qui restoit inconnu. Ce qui lui fait craindre que les esprits ne tombent dans la langueur, comme font ceux qui jouissent des biens qu'ils ont désiré.

Peut-on être heureux dans la vie ?
Le cœur soupire en vain pour un calme parfait ;
Ce cœur que rien ne satisfait,
Aime, désire, craint, est en proie à l'envie ;
L'âme au-dehors s'élance et cherche un bien absent ;
Le désir d'en jouir l'agite, la tourmente,
Et si ce bien devient présent,
L'âme aussitôt est languissante.
L'objet qui promettoit un essaim de plaisirs,
Enfante les dégoûts, pire que les désirs.
Si les vérités sont connues,
Si les erreurs sont confondues,
L'ennui dans l'esprit s'établit ;
Le travail le soutient, le repos l'affaiblit.

Ainsi raisonnoit la nature, en ajoutant que le flux et reflux de la mer, la vertu de l'aimant, le mécanisme de l'univers étant connus, il ne lui restoit plus que l'électricité pour exciter l'admiration et la curiosité du genre humain. Comme elle étoit pénétrée de douleur, et que les grandes figures sont filles des grandes passions, elle vous adressoit la paroles en ces termes :

Enfant gâté de la nature,
Je t'engraissoi de mes bienfaits,
Et pour prévenir tes souhaits,
Je versois dans ton cœur des vertus sans mesure.

Je voulois munir ta raison
Contre le dangereux poison
De mille préjugés, respectés du vulgaire.
Je façonnois ton caractère,
Sans aucune distraction ;
Et je m'applaudissois sans cesse
De ton goût décidé pour l'aimable sagesse,
Qui grave sans austérité
Et badine avec dignité,
Est populaire avec noblesse,
Humain par inclination,
Savant, sans obstination,
Courtisan sans oblique adresse,
Ennemi du rafinement,
Et démêlant du sentiment
La subtile délicatesse,
Tu pouvois, sans effort, conquérir tous les cœurs ;
Pourquoi vouloir encor d'autres admirateurs ?

Je comptois, continua la nature, triompher de la
pénétration de l'esprit, par le moyen de l'électricité ;
mais tout le monde sera éclairé par tes lumières.

Je disois à l'esprit : te voilà donc vaincu
Un globe tourne avec vitesse ;
Il s'échauffe, la main le presse,
Il transmet au fer sa vertu ;
Et mille étincelles actives
Qui semblent s'applaudir de n'être plus captives,
Des spectateurs charmant les yeux,
Seront toujours l'écueil des mortels curieux.

Mais, que dis-je, me voilà vaincue ? Ne remportes-

tu pas, esprit humain, la victoire sur moi, en franchis-
sant la seule barrière que j'avois à t'opposer ?

> Par sa rotation, la terre
> Est semblable au globe de verre :
> Le fluide électrique en son sein renfermé,
> Se dégage, et, par là, le monde est animé.
> Tr.... dévoilant ce mystère,
> Est entré dans mon sanctuaire.
> Lorsqu'au milieu des escadrons poudreux,
> Le plomb traversa ses cheveux (1).
> Que ne pût-il, ce plomb, par amour pour ma gloire,
> Et pour l'honneur de mes secrets trahis,
> Lui faire passer l'onde noire !
> Mais non !... qu'il vive ! il est mon fils.

Telles furent les plaintes de la nature, qui disparut
alors à mes yeux ; c'est à vous, Monsieur, à chercher
les moyens d'appaiser cette mère, à qui vous avez tant
d'obligations.

J'ai l'honneur d'être, etc.

Le Secrétaire de la Nature.

Mercure de décembre 1748, page 63.

II

Le COMTE DE TRESSAN ne voulut pas être en
reste avec le P. Chabaud et il lui répondit dans
le même langage des dieux. On sait que notre
commandant était aussi un poète et que dans la

---

(1) M. de T... reçut un coup de balle dans ses cheveux.

dernière période de sa vie il ne s'occupa plus que de littérature.

Cette réponse a été également conservée et nous la reproduisons ici :

RÉPONSE

De M. le comte de Tressan

AU R. P. CHABAUD

Ah, Monsieur ! deux mois de travail (1), bien des expériences et des recherches, bien des veilles, tout est effacé par un seul de vos songes.

<blockquote>

Vous chantez l'électricité,
Vous avez assuré sa gloire.
De ce nouveau présent de la divinité
J'essayois vainement, dans un triste mémoire,
De prouver la réalité.
Dans ces jours d'incrédulité
Le tortueux dilemme, en la nuit la plus noire,
Plonge l'aimable vérité.
Non, je n'aurois jamais remporté la victoire,
Si, chantant l'électricité,
Vous n'aviez assuré sa gloire.

</blockquote>

Qu'il m'est honorable, Monsieur, que vous receviez mes idées ! pourrois-je craindre encore pour mon système, lorsque je vois son principe et ses consé-

---

(1) Il ne peut être ici question que de la rédaction du mémoire, car les expériences avaient duré plus de deux ans, à Boulogne même, comme on a pu le voir dans la lettre concernant M. d'Agoty, du 18 août 1774.

quences soutenues et annoblies par une muse qui
rassemble tous les talens et les charmes de ses
sœurs ?

> La vive imagination
> A la justesse réunie,
> L'élégante précision,
> L'enchantement de l'harmonie
> Et les traits hardis d'un crayon,
> Guidé par la main d'Uranie,

Sont les ressorts puissans dont un brillant génie
Se sert pour entrainer à la conviction.

Vous ne vous êtes pas borné, Monsieur, à cette
seule victoire : le portrait que vous faites de la nature,
ne me fait que trop sentir que je ne connaissois encore
qu'imparfaitement ses véritables charmes; il est une
beauté qui ne m'a que trop souvent séduit : vous la
peignez dans votre lettre; elle est, sans doute, l'ouvrage de la divinité.

> Hélas ! dans ma jeune saison,
> Privé d'une lumière pure,

Sans principes certains, exercant ma raison,
Lorsque je m'éveillois à la voix de Zénon ;
Mon esprit rebuté d'une leçon si dure,

> En appelloit à la nature ;
> Et d'une douce illusion
> Recevant la séduction,
> S'endormoit avec Epicure.
> Que je rougis de l'ascendant

Que prit sur moi cet invisible guide !
Mon cœur tendre, et trop imprudent,

> Sur la foi d'un fripon d'enfant,

S'égara sur les pas, qu'Ovide
Traça, lorsqu'il étoit amant.

Que d'erreurs, que de contradictions et d'incertitudes
se succédoient alors dans ma façon de penser ! Trompé
sans cesse par les promesses des passions, le vrai
bonheur fuyoit loin de moi ; également séduit par une
fausse philosophie, lorsque je faisois quelques efforts
pour m'élever, je cherchois des secours dans les leçons
d'Epictète et de Zénon ; mais quelle force, quels secours pouvois-je espérer de leurs principes ? Ils ne
portent point le caractère sublime de la vérité. Je retom-
bois bientôt dans des chaines plus étroites, plus
dangereuses, en croyant y être ramené par la raison.

Religion, lumière pure,
Seul recours des foibles mortels,
Ce n'est qu'au pied de tes autels
Qu'on doit consulter la nature.
En vain, d'un vol impétueux,
Le fier stoïcien sur les ailes d'Icare
S'élevant dans les airs, se croit seul vertueux.
Un sentiment voluptueux
Vient troubler son cœur et l'égare ;
Il retombe, il frémit, il cède à son vainqueur ;
Il rougit du pouvoir qu'a sur lui la nature ;
Toujours neuve, toujours obscure,
Elle fuit à ses yeux, en soumettant son cœur.

C'est à vous, Monsieur, c'est à M. Rable que je
devrai le bonheur de réfléchir dans ces momens où je
jouis encore de la force de l'âge. Le souvenir du passé
est humiliant, mais il ne faut point en être accablé.

L'avenir est trop incertain, et quand même ce temps
nous seroit donné, peut-on s'assurer de pouvoir en
faire un bon usage ?

Hélas ! quand sur nos sens l'hiver répand ses glaces,
  Les soucis volent sur nos traces,
Et nous ne comptons plus que des jours malheureux :
La mémoire, l'esprit, tout devient infidelle,
  Des liens d'une âme immortelle
  Chaque instant voit briser les nœuds.
Sans retour, sans espoir, l'imbécile vieillesse
  Passe ses jours dans la mollesse ;
La parque impatiente obscurcit leur flambeau ;
Si quelquefois encor la raison étincelle,
  Elle s'étonne, elle chancelle
  Au lugubre aspect du tombeau.
Il faut donc profiter de la force de l'âge,
  Il faut donc rendre au Créateur
 Un tendre, un pur, un libre hommage ;
Il prépare, il attend celui de notre cœur.
Dans un foible mortel, quel titre de grandeur !
  Il nous a fait à son image.
Voyons donc tout en lui, jouissons bien du don
  Qu'il nous a fait de la raison ;
Dieu ! quelle ingratitude ! avec ses propres armes
Osons-nous attaquer un objet plein de charmes ?
  Enfans de la dilection,
Pouvons-nous préférer les doutes, les alarmes,
  A la juste soumission ?
  O toi qui portes dans mon âme
Ces rayons inconnus, ces troubles renaissans,
Achève, Dieu puissant, fais triompher ta flamme,
Dans un torrent de feu viens détruire mes sens !

III

Au même moment, OLIVIER DE VILLENEUVE
(*Joseph Guénolé*), médecin pensionnaire de la
ville de Boulogne, s'occupait de la même matière. On sait, par nos archives communales, que
cet esprit inquiet, toujours en quête de nou-
veautés et qui voulait se mêler quand même à
tout ce qui touchait, par un point quelconque,
aux questions du jour et aux affaires de la loca-
lité, demeurait avec le comte de Tressan, ou
plutôt que ce dernier avait élu domicile chez lui.
On comprend dès lors qu'il se soit trouvé mêlé
aux expériences de notre Commandant, que l'électricité ait été souvent l'objet de leurs longues
conversations, et qu'il aura voulu, lui aussi, faire
connaître à « toute l'Europe » sa manière de voir
sur « la véritable cause » de cet agent merveilleux.
De Tressan, dans sa modestie, s'était contenté de
transmettre aux hommes de sciences le résultat
de ses découvertes, sans livrer celles-ci à la publicité. Olivier de Villeneuve ne pouvait être satisfait de si peu ; il se mit en évidence, fit sur ce
sujet une conférence dans la salle des exercices
du collège de l'Oratoire de Boulogne, le 27 décembre 1747, et dès le mois de février de l'année
suivante fit imprimer son *Essai* à Paris, chez la
veuve David. Etait-ce avec l'assentiment de M. de
Tressan ? On peut en douter.

En voici le texte curieux en lui-même, mais

qui est loin d'avoir, — comme on devait s'y attendre, — la portée des études sérieuses et des
faits déjà acquis par son *locataire* :

ESSAI DE DISSERTATION

Médico-Physique

Sur les expériences de l'Electricité,
Pour répondre à l'empressement de toute l'Europe à en
découvrir la véritable cause,

Par M. Olivier de Villeneuve

Docteur de la Faculté de Médecine de Montpellier,
Médecin de la Ville et de l'Hôpital de Boulogne-sur-Mer.

Je fis, il y a plusieurs années, une Dissertation sur
le mouvement musculaire et sur les sensations. J'y
établissois l'Electricité sans me servir du même nom,
et aujourd'hui sur le seul récit qu'on me fait des Phénomènes de l'Electricité, mes anciennes idées se sont
réveillées, et je crois devoir m'applaudir sur l'Homogénéité que je reconnaissois et que je reconnois de
plus en plus dans l'air animal et dans celui qu'on rend
électrique à la faveur d'un globe de verre.

En effet, comment aurois-je pû comprendre que le
sang qui est presque tout air (1), souffre tant de brise-

(1) Cette qualification de presque tout air, que je donne au
sang, m'a occasionné la réflexion d'un très-sçavant Prélat, qui
m'est trop respectable pour que je la passe sous silence.

Je répondis donc à ce très-docte Prélat, que dans l'état na-
turel la contraction et la dilatation des vaisseaux se répondoient
avec une égale force, que la contraction étant totalement due à
l'affluence de l'air animal, la dilatation exigeoit une plus
grande quantité d'air, parce qu'il s'y trouve un double effet à
produire, à sçavoir le vaisseau à dilater, et le reste du sang à
raréfier contre son propre poids.

mens dans ses contours et par toutes les oscillations ar-
térielles, sans tout aussi-tôt m'imaginer un air qu'on
appellera si l'on veut électrique, puisque ce nom est
devenu à la mode ; mais au moins un air à la vérité
fort explosible, et conséquemment homogène à celui
que les circulations réitérées et les froissemens perpé-
tuels d'un globe de verre présentent à l'admiration et
à la curiosité universelle.

Rien ne prouve donc plus l'air animal avec son
explosibilité active et passive, que le nouvel air qu'on
croit et qu'on appelle Electrique, et qui semble
étonner même les plus grands Esprits.

J'entrevois avec une certaine satisfaction l'air
cérébral et nerveux, avec de nouveaux degrés d'explosibilité, se distribuer dans toutes les fibres nerveuses
ou motrices, et là, par ses explosions fréquentes et
soutenues, rendre l'air du sang et des autres humeurs
propre à le venir remplacer, et à réparer la dissipation,
ou déperdition qui s'en fait.

J'entrevois en même-tems la sage Providence, qui,
pour ralentir, et modérer l'explosibité de l'air destiné
à tout le genre nerveux, dépouille les artères céré-
brales de leur tunique la plus élastique, et la plus
véhémente dans ses constructions.

Examinant ensuite le nouvel Air surnommé Electrique, sans préjugés, sans préventions, et sans sis-
têmes, je reconnois une croute d'air sulphureux, et
peut-être térébentiné, qui renferme et qui emprisonne
un air comprimé et lumineux, ou du moins un air
imprégné du liquide igné, de la même manière que
l'eau savonnée des enfans enduit une certaine quantité
de l'air ordinaire.

Cette dernière empoule puérile, se résout sans explosion considérable, parce qu'elle remet un air peu omprimé dans un autre tout semblable, au lieu que l'ampoule des grands hommes souffre ou produit une explosion semblable, mais inférieure à celle que reçoit ou occasionne l'air sulphureux de la poudre à canon, et en effet on n'employe pour faire la poudre à canon que le nitre et le souffre ; on y comprime l'air, et la moindre étincelle occasionne une explosion dont toutes les suites représentent parfaitement celles que nous admirons dans les nouvelles expériences de la prétendüe Electricité.

L'Air, par exemple, pur et simplement comprimé dans la canne à vent, ne nous présente par sa liberté qu'une explosion flatueuse, l'air aqueux de l'éolipile, ne reçoit du feu qu'une explosion pareille ; mais l'air sulphureux de la poudre à canon et de la nouvelle matière électrique a tout à la fois une explosion lumineuse fulminante, et une explosion flatueuse, dont la première qui n'appartient qu'à l'air fin précède toujours et est plus prompte, au lieu que la seconde, qui appartient à l'air dense, doit nécessairement suivre et être plus tardive.

La raison en est très-claire, c'est que l'air tenu se déplace plus aisément que l'air grossier.

Si pour expliquer les expériences de nos jours, il faut absolument du nitre comme je ne puis me dispenser de le croire, j'ose avancer sans aucune supposition que l'air en est peut-être autant farci que l'Océan l'est de sel marin, après quoi personne ne pouvant désavoüer que l'air a été comprimé pendant quelque tems, et par tous les tours que le Machiniste

donne à son Globe, on conclüera nécessairement avec
moi, que non seulement le liquide igné, ou la lumière
contenuë ou répanduë dans l'air agité en a été expri-
mée et réduite dans une plus grande quantité sous un
moindre volume d'air ; mais même que l'air lumineux,
qui seul peut pénétrer la circonférence du Globe de
verre y est recueilli abondamment du dehors en dedans
à proportion que l'air dense et grossier s'y appauvrit,
ou s'échappe du Globe. Dès lors cet air lumineux qui
continuera d'être comprimé, et qui imitant le cours
d'une rivière sous un pont, sortira aussi copieusement
que rapidement du Globe, sera enfin reçû et emprisonné dans une croute d'air nitro-sulphureux, et peut-
être térébentiné de la même manière qu'un air pur
libre, et peu comprimé, se trouve envelopé dans les
Ampoules savonneuses des enfans.

Celles-ci pendant qu'elles sont entières ne moüillent
point la main : viennent-elles à se résoudre ? elles
représentent aussitôt la matière dont elles étoient
formées, et elles moüillent la main sans éclat sensible,
parce que l'air n'y avoit point été beaucoup plus pressé
que l'air circonvoisin, au lieu que dans celle-là, c'est
un air qui tout lumineux qu'il est, a été entassé, et
qui reste dans cette gène jusqu'à ce que les liens
soient rompus, liens inflammables, et bien-tôt enflam-
més par le liquide igné, ci-dessus mentionné ou même
démontré. Il faut donc que cet air nitro-sulphureux,
ou peut-être résineux ou térebentiné de la matière
Electrique, se développe avec effort ainsi que l'air
nitro-sulphureux de la poudre à canon.

Or l'air nitro-sulphureux, n'est ici aucunement
supposé ; l'odorat le prouve, le Machiniste le certifie,

lorsqu'il se trouve forcé d'employer de la craie pour
en purifier son Globe, et conséquemment pour rendre
les pores dudit Globe libres, accessibles et perméables
à l'abondance de l'air tenu dont il a besoin pour sa
réüssite.

Je ne suis parvenu aux connoissances que je vais
produire, si elles méritent ce nom, qu'en me dépouil-
lant des systèmes de l'Ecole, que j'ai ci-devant autant
enseignés qu'étudiés, et si je ne craignois d'offenser
ces illustres deffenseurs d'hypothèses sur hypothèses,
je leur adresserois ces belles paroles du Pseaume
quatrième : *ut quid diligitis vanitatem et quæritis
mendacium*. Je le ferois même volontiers si je croyois
pouvoir les déterminer à une étude perpétuelle du feu,
de l'air, de l'eau, de la terre, et des changemens ou
mélanges qui leur arrivent.

Nos Anciens, simples spectateurs de la nature, nous
en recommandoient un examen autant sérieux que
viager. Pour moi, suivant leurs conseils, et après une
longue attention, j'ai reconnu pour toutes choses que
le feu, l'air et l'eau ne differoient que du plus ou du
moins, que l'air ne pouvoit être raréfié que par un plus
liquide que soi, à sçavoir par le liquide igné, que ces
deux liquides se réunissoient pour raréfier l'eau et,
enfin que ces trois liquides concouroient à ouvrir les
entrailles de la terre pour fournir pêle-mêle à toutes
les productions dont il n'y a aucune qui ne mérite
notre admiration et ne surpasse notre entendement.

Pour ne pas m'écarter de mon sujet, et pour ne rien
avancer qui n'y ait tout le rapport possible, je diroi
seulement que j'établissois autrefois plusieurs explosions dans l'air,

1º Une explosion flatueuse simple, foible, naturelle et presque insensible, mais tantôt plus forte d'un côté, tantôt plus forte de l'autre, et par conséquent irrégulière, dans l'air calme qui agite çà et là la neige tombante et tous les autres corps légers, telle qu'est l'ampoule savoneuse des enfans ;

2º Une explosion flatueuse, sourde et presque sans éclat, mais plus forte, plus régulière et plus directe que la première dans la canne à vent, dans l'éolipile, dans le soufle de la bouche, dans le vent du souflet, dans les vents communs et ordinaires ;

3º Une explosion flatueuse et éclatante dans le bruit des cloches et dans les vents extraordinaires ;

4º Deux explosions, l'une lumineuse et l'autre flatueuse, et toutes deux naturelles, simples et sans éclat considérable dans le feu domestique, dans le flambeau allumé, dans les éclairs sans tonnerre et dans toutes les flammes ou phénomènes lumineux qui se présentent sans éclat ;

5º Les deux explosions sus nommées, mais éclatantes et fulminantes pour le tonnerre, pour le canon, pour les tremblemens de terre et pour les feux souterains qui se produisent avec éclat.

J'aurois donc très-aisement reconnu deux explosions dans la matière électrique de nos jours, une lumineuse, sourde et sans éclat, lorsqu'on n'y donne pas lieu, mais fulminante lorsqu'on vient à la déterminer ; une flatueuse, foible et presque naturelle, tantôt plus forte d'un côté, tantôt plus forte de l'autre, et par conséquent irrégulière, mais très-explicative de certains petits effets puérils qui amusent et partagent les Esprits sçavans et curieux, et qui les empêchent de se décider pour la vérité qui se présente.

J'avois donc raison, ce me semble, de tout expliquer autrefois par des explosions continuées depuis les corps sensibles jusqu'à l'organe commun, je reconnoissois donc la prétendue Electricité sans pouvoir ni devoir imaginer ce nom.

Il me reste maintenant à parcourir les principaux Phénomènes de cette Electricité, puisqu'elle est devenue à la mode.

1° Si le fusil repousse le chasseur, la matière électrique fulminante doit frapper tout à la fois ceux qui se tiennent par la main au moment que l'explosion forte est déterminée ;

2° Si j'approche mon doigt d'une partie du corps de l'électrisé, il paroît aussi-tôt après une étincelle, et je sens mon doigt repoussé avec force et avec une légère douleur. Que fais-je alors ? Je romps par une pression inégale ces ampoules d'air nitro-sulphureux et l'air lumineux qui a été recueilli abondamment dans le globe de verre, et qui en sortant a été comme emprisonné dans les susdites ampoules, prend enfin son essor, enflamme l'air nitro-sulphureux ou térébentiné, et repousse très-vivement mon doigt de la même manière que la flamme prenant à la poudre à canon raréfie notablement l'air, et lui donne une explosion fulminante de beaucoup supérieure à celle qui est devenue l'objet de notre curiosité ;

3° Enfin si l'on présente le bout du doigt électrisé à l'esprit de vin, l'explosion lumineuse se déclare, et elle enflamme l'esprit de vin qui est inflammable. Si au contraire on présente le même doigt à quelque poudre que ce soit, l'explosion lumineuse se perd et n'éclatte point, mais la flatueuse qui la suit toujours disperse cette poudre comme le souffle de la bouche la disperseroit.

Tous ces faits une fois établis, puis-je penser au tonnerre, aux éclairs, aux vents, aux flammes du Mont-Etna, aux tremblemens de terre de Lima, aux productions et aux phénomènes de la nature, sans reconnoître un développement plus ou moins prompt de tout ce qui s'y disposoit et s'y préparoit suivant la loi prescrite par l'Auteur de la nature.

Puis-je croire que tous ces objets se transportent pour ainsi dire jusqu'à mon âme pour en être examinés et reconnus, sans un développement des parties intermédiaires et par conséquent non seulement de la lumière et de l'air qui nous environnent, mais encore de l'air chargé de lumière, qui nous est devenu propre et qui nous compose et que j'appelle l'air animal avec tous les Anatomistes.

IV

Trois jours après la conférence en question d'Olivier de Villeneuve, c'est-à-dire le 30 décembre 1747, lui parvenait une *Lettre du R. P.*** sur son *Essai de dissertation*. Sous le voile de l'anonymat, ce professeur de l'Oratoire de Bologne (est-ce celui de physique ou celui de philosophie), tout en reconnaissant les principes fondamentaux des lois et des ressorts de la nature, fait un peu la guerre à l'auteur, à propos de certains détails et même sur son exposé un peu diffus. D'une façon polie et un peu goguenarde, il lui parle de « l'abondance physique dont il a repu » les auditeurs, il fait l'analyse et parfois la controverse de quelques points de la dissertation ; relève les objections des interrupteurs, et termine en faisant remarquer que d'autres se sont attachés à l'explication de faits accessoires qui ont été délaissés dans la dite conférence.

Cette pièce est ici reproduite en son entier :

LETTRE DU R. P. ***

A M. Olivier de Villeneuve,

Médecin à Boulogne,

A l'occasion de l'Essai de Dissertation qu'il a lu et expliqué à l'Oratoire.

Du 30 décembre 1747.

Monsieur,

Quoique je ne me pique point d'avoir facilement retenu toute l'abondance physique dont vous nous avez repû le vingt-sept de ce mois, j'ai crû vous devoir l'Apologie suivante, autant par reconnoissance que par le désir de m'instruire.

Vous avez établi, Monsieur, avec toute justice, que l'air dont on fait provision dans le globe de verre est autant tenu, autant subtil et autant lumineux que celui qui pénètre le récipient de la machine pneumatique à mesure qu'on en pompe l'air grossier.

Quoique les globules lumineuses de Descartes ne

s'accordent point avec la divisibilité de la matière à l'infini, comme vos petites sphères d'air, qui se divisent selon le besoin en des millions d'autres, et même à l'infini, vous vous êtes contenté de dire que l'air tenu, la matière subtile, le liquide igné ou lumineux, ne vous paroissoient qu'une même chose.

Cela révoltera, je l'avoue, d'un premier abord tous les esprits à systêmes, mais si les petits globules lumineux leur paroissent nécessaires pour mieux expliquer la vision, ils en trouveront assez pourvû qu'ils n'ayent point oublié que la compression active et passive des plus petites molécules de l'air divisé doit être autant égale dans tous les sens que l'est celle des molécules sensibles du mercure, de l'eau, etc.

Per visibilia quæ facta sunt invisibilia intellecta conspiciuntur. Si les Cartésiens ont outre cela besoin d'une matière subtile pour pénétrer subtilement les corps, et pour produire tous les épanouissemens admirables de l'air, vos petites sphères leur en fournissent à l'infini, ainsi il ne leur reste plus rien à désirer.

Vous avez demandé, Monsieur, quoique le pouvant exiger, qu'il vous fût permis d'employer indifféremment les termes d'élasticité, d'explosibilité et par conséquent ceux de rétablissement, d'explosion ou développement, d'expansion ou épanouissement, de dilatation et de raréfaction.

Vous nous avez fait voir clairement que l'air étoit naturellement élastique, explosible, expansible, etc., que son expansion et sa raréfaction étoient plus ou moins sensibles dans leurs effets, qu'elles étoient alternatives et proportionnées à la pression qui les avoit précédées, et à l'affluence de vos petites sphères.

Vous vous êtes servi de l'exemple d'une baleine que tout le monde sçait être élastique. Couchée, disiez-vous sur une table, elle ne donne aucun témoignage de son élasticité, mais plus ou moins elle sera pliée, elle en donnera des preuves plus ou moins convaincantes.

Vous avez établi de l'air dans tous les corps, mais plus tenu et plus lumineux dans ceux qui s'électrisent plus facilement et vous avez donné une raison très-plausible de ce que les corps absorbans qui sont par rapport à l'air comme des millions de portes cochères, tels sont les draps et autres corps semblables, étoient des obstacles à ce qu'on appelle l'électrisation.

C'est ce me semble à cette occasion que vous avez expliqué l'étincelle fulminante, qui occasionne les flexions inopinées des bras qui étoient tendus. L'explosion, disiez-vous, brutale de l'air mal nommé électrique produit des contractions promptes, véhémentes et imprévues, des fléchisseurs, dont les impressions sur les bras, surpris entre deux puissances, persévèrent plus ou moins, ou suivant que les bras étoient tendus, ou eu égard à la proximité ou à l'éloignement du globe.

Vous établissez, Monsieur, quelque homogénéité dans l'air animal et dans l'air qui sort abondamment du globe, d'où vous inferiez que l'air des muscles extenseurs des bras s'opposant à l'entrée de ce nouvel air, les fléchisseurs relâchés en devoient être tout à coup saisis, et que ces flexions soudaines et imprévues ou inespérées, toutes brutales ou toutes assomantes qu'elles étoient, devoient se passer comme un éclair.

En parlant du feu domestique, que vous distinguez

du feu que vous appelez air tenu, lumière, liquide igné, matière subtile ou matière globuleuse, comme vous distingueriéz un mixte d'un simple. Vous avez donné à connoître que l'air grossier se présentoit à raison de la supériorité de sa pesanteur, successivement et sans discontinuation, pour prendre la place de l'air qui avoit été raréfié, qu'il s'y raréfioit à son tour, qu'avant de se raréfier et en se raréfiant, il servoit par sa pression à faire pénétrer le bois, à en faire raréfier l'air implanté, et à faire enflammer tout ce qui s'y rencontre d'inflammable.

Vous avez à ce sujet employé une comparaison prise de l'eau qu'on fait bouillir dans un chaudron, et vous nous avez démontré que l'eau la plus dense, et la plus grossière occupoit sans cesse le fond du chaudron, par la supériorité de sa pesanteur, de la même manière qu'une livre dans un bassin d'une balance, éloigne du centre de gravité la demie livre qui se trouve dans l'autre bassin de la même balance.

Vous nous avez fait toucher au doigt que tout ce qui pouvoit arriver à l'air étoit un plus ou un moins de liquidité ou une plus ou moins grande expansion. Son plus ou moins de liquidité vient, disiez-vous, de ce qu'il se divise plus ou moins facilement, et sa plus ou moins grande expansion répond exactement à la pression précédente et à l'affluence d'un air plus tenu, plus liquide, plus subtil, plus pénétrant : et en un mot explosif.

Fondé sur des principes si certains, vous avez parcouru la préparation et la dissolution de la chaux, les inflammations, les abcès, la gangrène et la cinérisation qui suit la mort. Vous avez cité la dissolution de

presque tous les métaux par l'esprit de nitre et celle de
l'or par l'eau régale, tout a été si bien lié et si relatif
à l'explosion de l'air, que ma surprise a été d'entendre
à la fin de votre explication quelqu'un avancer que ce
que vous disiez alors n'avoit aucun rapport avec ce
que vous aviez promis d'expliquer.

Cela auroit été insuportable à tout autre, mais je
me suis aperçu que feignant de ne point entendre un
pareil discours, vous aviez répondu plus puissamment
que si vous aviez pris la peine d'en entreprendre
l'auteur. C'est ainsi qu'on évite tout carillon.

Parlant enfin du carillon, je me rappelle avec plaisir
votre éclaircissement sur le petit carillon des cloches.

Vous nous avez ingénieusement supposé deux
mousquetons, qui par des explosions fulminantes et
alternatives se renverroient une même balle, pour
nous représenter les batans mobiles que les cloches se
repoussent par de pareilles explosions.

J'omets, comme vous l'avez fait vous-même, Monsieur, tous les effets puérils que plusieurs sçavants
observent avec trop d'acharnement, et après vous
avoir témoigné la pleine satisfaction que j'ai eûe d'entendre la lecture et l'explication de votre Essai, je me
restrains à vous souhaiter une bonne et heureuse
année, et à me dire, etc.

V

Sans se déconcerter, Olivier de Villeneuve
s'empressa de répondre et même de remercier, en
prenant les critiques pour des compliments.

Voici sa lettre :

RÉPONSE A LA LETTRE CI-DEVANT

M. T. R. P.

Vous donnez d'autant plus de lustre à l'Essai que j'ai lû et expliqué à l'Oratoire que sans la conformité que je trouve en celle dont vous m'honnorez et mon explication, j'aurois cru ou avoir été trop obscur ou avoir manqué d'armes pour combattre les préjugés, les préventions et les systèmes.

Si je ne me répens point, M. T. R. P. d'avoir écrit et parlé, je vous en dois toute l'obligation, vous avez été témoin que pour m'instruire de plus en plus j'ai prié tout le monde de mettre par écrit ses doutes et ses difficultés.

Au lieu d'objections je trouve de votre part une apologie et une espèce d'adoption qui m'est devenue bien flatteuse, et qui me dédommage de certains discours clandestins.

Tout homme qui écrit ou qui parle en public, quoiqu'il n'ait que l'honneur en recommandation, s'expose à la censure d'un chacun ; mais le censeur, quel qu'il soit, s'il veut être en droit de censurer, doit se dévoiler à un auteur qui lui en a donné le premier un exemple si authentique.

Quels donc que puissent être les murmures de quelques personnes dont les esprits sont prévenus, je me félicite de votre approbation, et après avoir répondu à vos souhaits, etc.

Tout ce qui précède prouve donc surabondamment que c'est bien à Boulogne-sur-mer qu'ont eu lieu les premières expériences et les découvertes d'ensemble concernant l'électricité. On y voit aussi que le travail de M. le comte de Tressan, même avant l'appréciation élogieuse de l'Académie des Sciences, a eu de l'écho dans notre bonne ville, comme dans le reste du monde savant.

C'est ce que nous avons tenu à faire ressortir.

ALPH. LEFEBVRE.

www.ingramcontent.com/pod-product-compliance
Lightning Source LLC
Chambersburg PA
CBHW061704180626
46818CB00003B/1251